자라

자라

문성해 시집

창비

차 례

제1부

제2부

제3부

제4부

제1부

봄밤

빈집 앞에서 쓴다
젖빛 할로겐 등을 켜 단 목련에 대하여,
창살 박힌 담장에 하얗게 질려 있다고,
엉큼한 달빛이 꽃잎 벌리려 애쓴다고,
나뭇가지를 친친 감은 가로등이 지글지글 끓는다고,
촛농처럼 떨어진 꽃잎들 창살에 꽂힌다고,
봉오리들 아우성치며 위로 위로 도망친다고,
추억의 등불 켜 다는 마음 약한 꽃들이
나 같다고

들녘에서

내게 풀이름을 묻고 있는 애야, 저기에 흔들리고 있는 것은 모두 짐승의 꼬리란다 땅속에 머리와 몸통을 박고 흙 맛에 푹 빠져 사는 짐승들이 돌개바람 불면 꼬리를 밀어올리고 뒷발을 버둥거리며 시퍼렇게 일어설 것 같지 않니? 어째 공기가 수상쩍구나 엽사들도 허탕치고 돌아간 밀림 속에 우리가 뚝 떨어진 느낌. 먹구름이 빠르게 몰려오고 개코원숭이들도 나무 위로 숨어버린 저녁, 풀들이 조금씩 조금씩 우리를 향하여 기어오고 있구나 애야, 쉿! 그만 울음을 그쳐라 내가 굵다란 막대기를 준비할 동안, 너는 호주머니 속의 건빵을 집어던지고 있으렴, 녹색 짐승들이 건빵을 먹으려고 몸을 일으킬 동안, 우리는 멀리멀리 달아날 수 있을 거야 그러나 애야, 그들은 한번도 땅 위로 몸을 드러낸 적이 없단다 두더지처럼 숨어들기에 익숙한 그들은 햇빛을 보는 순간, 딱딱한 껍질 속으로 몸을 숨기고 만단다 더이상 두려워하지 마라 애야

매미 소리

내 머리에 바늘구멍 뚫는 소리
빽빽하게 들어찬 실뭉치들 들쑤시다
꽉꽉 숨은 실 끝 하나 찾아 들어올리는 소리

햇살 아래 선연히 빠져나가는 핏줄의 행렬
저 소리나는 나무 하날 다 휘감더니
공중에 눈부신 피륙 하나 걸어놓더니

아뿔싸, 천년을 끌 것 같던 소리가
홀연, 날아가버린 날!

내 머리에 황망히 바늘구멍 닫히고
길 잃은 누더기 하나 나무에서 떨어지는 소리……

봄날

목련이 내려다본다
탁탁 튀는 장작 불꽃과
부르르 진저리치는 연기를,

목련이 내려다본다
뜨락에 흩어져 있는 신발들과
목련 나무 아래 묶여 있는 개를,
개의 목을 파랗게 조여오는 쇠줄을,

이윽고 물이 끓으면
까맣게 그을린 껍데기가 벗겨지고
왁자지껄 국그릇이 돌아가고
목련 나무 아래,

하얗게 뼈다귀가 쌓여갈 때까지도
목련은 내려다볼 것이다
조용한 봄날을 꿈꾸며

여기가 도솔천인가

칠성시장 한켠
죽은 개들의 나라로 들어선다
누렁개 흰개 할 것 없이 검게 그슬린 채
순대처럼 중첩되어 누워 있는 곳

다 부질없어라,
살아서 쏘다니던 거리와
이빨을 드러내던 증오
쓰레기통 뒤지던 욕망들이
결국은 이 몇근의 살을 위해 바쳐진 것이라니,

뒹구는 눈알들은 바라본다
뿔뿔이 흩어져 잘려나가는 팔다리와
피 한방울 묻히지 않고
날렵하게 춤추는 저 검은 칼을,

이제는 검은 길을 헤매다니는 일이 없을 거야

발길에 차여 절뚝거리는 일도
마음에도 없는 꼬리 흔드는 일은 더더욱……,

좌판들 위에서
꾸덕꾸덕해진 입술들이 웃는다
이제는 물고 뜯는 일 없이 한통속이 된
검은 개들의 나라에서

살아서 오히려 근심 많은 내가
거추장스런 팔다리 휘적이며 걸어간다

틀니

웃고 있다
물 담긴 사기그릇 속에서
흠뻑 웃고 있다

나는 한번도 본 적이 없다
저리 신나게 웃는 어머니를,

어금니 사이
푸른 이끼 한줄,
나 몰래 무슨 즐거움 씹어 잡수셨을까

나는 불안하다
턱이 없는 어머니가
아침이면 턱 안에서
굳게 갇힐 웃음이,

턱을 빠져나온 웃음이 밤마다

목욕탕을 뒤흔든다

저 웃음을 어머니 턱 안에서
완성시켜드리고 싶다

깨지지 않는 거울

빗방울들 손과 손을 맞잡고 질펀하게 누워 있다
검은 거울을 만들고 있다
증명이라도 하듯
이 거리의 모든 것을 비춘다
그 속에 먹구름이 지나가고 웅성거리며 가로수들이 서 있다
어깨를 접은 건물도 웅크리고 있다
개미들이 거울을 벗어나기 위해 사투중이다
거울 한복판에서 죽은 세포를 발견하게 될 때의 경악!
사람들은 오래 그곳을 떠나지 못하고 붙들리게 된다
깨지는 일만이 유일한 목표인 듯
빗방울이 떨어질 때마다
거울은 얼굴을 흩뜨리며 깨지는 연습을 한다
그러나 튀어나간 물 파편들은 또다른 거울을 만들 뿐,
복제거울이 판치는 거리를
여자들이 짧은 치마를 움켜잡은 채 빠르게 귀가하고 있다

비는 점점 거세어지고 움푹움푹 골이 파이는 거울
깨질 듯 끝내 깨지지는 못하고
사람들 얼굴에도 들러붙어
번질거리기 시작한다

공터에서 찾다

공터에서 페트병을 물어뜯는 개를 본다, 나의 턱뼈가
얼얼해짐을 느끼는 저녁

뭐 이렇게 질긴 고기가 다 있을까
좀체 속내 보이지 않는 것이 의뭉스런 애인 같다
어딘가에 분명 뼈를 감추고 있을 거야
고기의 진미 희망의 정수(精髓) 아아,
뼈다귀를 향하여 나아가는 일이란 대로에서
진종일 어미, 누이와 붙어 있는 일보다
은밀하고도 즐겁게 느껴진다

페트병 한개와 물고 뜯는 시간, 나는
이것을 단순해지기 위한 노력이라 부른다
썩은 고깃덩이로 던져진
이 도시에서 단단한 무기질의 희망
얻기가 그리 쉬운가
누르기만 하면 입발린 언약들

당장이라도 쏟아내는 자판기들아

웃을 테면 웃어라
욕창이 번진 몸에 비명까지 지르는 이 물체는
이제 고기가 아닐지도 모른다 그러나
의심은 더욱 식욕을 부풀리고 나는
이것을 기꺼이 먹기로 작정한다
완강하던 페트병에 드디어 금이 가고
텅 빈 속살 들여다본 순간, 나는
속았음을 직감한다

어둠속을 휘적휘적 걸어갈 때
앗! 저기 또 푸른 슬리퍼 한짝이……
내 야성의 턱뼈를 긴장시키고 있었다

벌레 소리

나를 지나쳐가는 소리……

눈물의 방을 뛰쳐나와
언덕 위에서 내려다보던
먼 기차소리

레일 위로 자꾸만 눕히고 싶던
내 병의 무늬들
병과 함께 사라지고 싶다던
내 마음속 속살거림들

발밑에 밟힌 풀들
오소소 몸 터는 소리

멀리 집에서
아버지가 내 일기장을 넘기는 소리

나를 업고 달리는 아버지 발밑으로
싸륵싸륵 감기던 풀 소리……

누설

늦여름 들판에 옥수수가 푸르다
한 가지에 여러 개의 고개가 나와
긴 머리채를 말리고 있다

누군가 들쑤셔본 옥수수 열매들
하늘 향해 누런 이빨을 드러낸다

비밀을 너무 일찍 캐내려던 자들은
이제 멀리에서 기다리고 있다

기나긴 해가 허연 등덜미를 드러낸 채
옥수수 밭 속으로 기어들어가면

어느샌가 주절주절 벌어지는 입술
어느샌가 툭툭, 떨어지는 이빨들

떨어진 이빨들이 다시 비밀을 잉태하는

이곳에 오면
막 내뱉고 싶어진다

썩은 이를 모두 드러낸 채
임금님 귀는 당나귀 귀! 하며
천기라도 누설하고 싶어진다

컴배트 골드*

오오! 어머니
그건 사랑이 아니라 독약이에요
우리에게 나눠주지 마세요
오늘 먼 탁발에서 돌아오신 어머니

또 순결의 아이들을 잉태하신 어머니
한때는 우리 모두 순결했지요
어머니 자궁 파먹으며
앵두 빛 세상 꿈꾸던 시절,

살아남기 위해 우린 강해져야 했어요
시멘트를 뚫고 나오는 질경이처럼요
골목마다 넘치는 저 죽음의 향기
자, 멀리멀리 돌아가야 해요

그러나, 우리 어머니
색색의 포자 온몸에 돋아난 채

비틀비틀 돌아오신 날,
세상이 날 속였구나

어머니 누렇게 게워놓은 사랑을
우리들은 눈물 흘리며 닦아 먹었습니다

* 바퀴벌레를 잡는 살충제로 컴배트보다 독성이 강하다. 죽은 바퀴벌레의 알까지도 죽인다.

밤의 공원

병든 마음이 찾아가는 곳, 찾아가서
저 혼자 빙빙 도는 삭도를 집어타고
마음속 화농이 산마루 송전탑에 찔려
고름을 철철 쏟아낼 때까지
누런 고름 빛에 갇힌 마을이
그제사 등불 환히 밝히고
병든 자식 하나 찾을 때까지
시끌시끌한 횃불의 무리가
벤치 위에 잠든 나를 발견할 때까지
마음은 귀가하지 않을 작정입니다
사람들이 남기고 간 쓰레기와 날다 떨어지고
날다 떨어지곤 하는 뚱뚱한 비둘기들과 함께
고요히 어둠에 잦아드는 공원을 보노라면
마음은 그리 애지중지한 것만도 아니군요
이대로 버림받을 수도 있을 거란 생각이 드는군요
버림받은 마음들이 찾아가는 곳, 찾아가서
버림받은 것들끼리 몸 비비는 곳

어둠이 길게 누운 벤치 위에는
썩은 낙엽들과 구겨진 과자봉지들이
서로의 불편한 잠을 지켜주고 있군요

난로

사내는 요즘 키우고 있다
붉은 혀가 예쁜,
잠시도 한눈팔면
애인처럼 토라져 풀이 죽고
정작 가슴에는 한번도 품을 수 없는
애물단지 하나를,

온종일
아귀처럼 먹기만 하는 그녀
발그레한 뺨은
몇시간도 안돼 쌀쌀맞아지고

가로수가 사라지고
전봇대가 뽑혀나가고……
제 집의 문짝을,
마룻장을,
기둥을 뜯어내는 사내

먹어도 먹어도
보채는 저 붉은 입술 속으로
부지깽이를
마침내는
자신을 던져넣어야 하는

하 막막한 사랑 하나를

들여다보기

새로 도배된 그대 방안
처음 보는 꽃들이 피어나고
부드러운 망사커튼과
핑크 빛 가구들도 새로 들여놓았구나

들어갈 수 없어
더욱 아름다운 방안을
겹눈 크게 뜨고 들여다보는 곤충들

캄캄한 바깥에서
내 마음이 잉잉 운다
그대 창문 촘촘한 방충망에 걸려
내 은빛 날개가 갈가리 부서지고 있다

제2부

나비야, 청산 가자

청산을 아니? 나비야, 네 맘속에 하루 종일 상스런 욕을 해대는 누에를 따라 네 발목을 잡는 온갖 향기의 꽃들 뿌리치고 나비야, 청산 갈 수 있겠니? 그곳에 사는 꽃이란 꽃은 모가지째 뭉텅뭉텅 베어다 청강(靑江)에다 뿌리고, 가시 울타리에 날개가 찢긴 나비들 그중 가장 모질게 찢긴 나비가 그날의 여왕이 되는 곳, 윈갖 잡새들 모두 그 아래 머리 조아리는 곳, 세상에서 가장 가벼운 영혼이 대접받는 곳으로 나비야, 청산 가지 않겠니? 그곳은 엄격히 말하면 푸른 탱자 가시들이 창궐한 곳, 멀리서 보면 푸름이 하늘에 탑처럼 닿아 있어. 나비야, 내 영혼이 폭발할 것 같애. 그곳만 생각하면 여름날 들판에서 맞닥뜨린 소낙비 냄새가 나, 비가 고함을 치는 것을 보았니? 멀리 고함을 치는 청산이 무서워 설레설레 뒷걸음질치는 나비야, 그곳에선 네 날개에 화려한 문양을 새길 필요가 없단다. 가시 울타리에 슬쩍슬쩍 긁힌 상처들이 처연한 문양이 되는 곳, 피의 문양은 가문 대대로의 영광이로세, 이 봄날 자욱하게 돋아나는 아지랑이 들판을 가로지르는 나비들아, 청산 가자, 봄만 되면 어김없이 사타구니를 벌리는 꽃들에게선 이제 매독 내가 나, 가다가 지쳐 공중에서 투두둑, 떨어지는 나비들아, 얼레! 내 몸도 허공을 떠다니기 시작한다. 갑자기 영혼으로 화한 몸들이 가볍게 청산 가는 이 봄날!

활엽수림 영화관

그 건물의 옥상에는
뿌리를 비좁은 화분 속에 쑤셔박은 나무들이
오늘도 시퍼렇게 자라고 있다

그 옥상 바로 밑에 있는 오래된 상영관엘 간 적이 있다
그때 화면 위로 심하게 뿌리던 비는
실은, 옥상에 있던 나무들 뿌리지 않았을까

뿌리들은 시멘트를 뚫고 내려와
영화 속 우주선이나 항공모함을 타고
이 시간에도 유유히
세계를 누비고 있지나 않을까

그래서일까
그 건물의 옥상에는
사철 시퍼런 이파리들이 지겹지도 않은 듯 팔 벌리고
서 있다

뿌리들은 어느새
영화를 보고 나오는 사람들 흰자위에도 가늘게 뻗어
있다
그들은 언제부턴가 눈에서 눈으로
푸른 상영관을 하나씩 늘려가고 있었던 것이다

그 건물의 옥상에는
뒤엉킨 영화필름 같은 활엽수림이 있다
바람이 불 때면
어둠을 횡단한 뿌리들 모험담들로
무수한 이파리들이 술렁거린다

나비의 가을

나비는 봄 여름을 살고 가을에 죽는다
죽을 때는 몸이 날개를 인도한다

나비는 평생 날개를 부담스러워하진 않았을까
어느날, 깨고 보니
코끼리 귀 같은 게 양 어깨에 펄럭거리고 있었으니……

평생 몸은 얼마나 들판을 걷고 싶었을까
꽃 위에 잠시 앉았다 날아가는 나비 몸이
세차게 버둥거리고 있진 않았을까
독수리에 채여 가는 들쥐처럼,

죽어가는 나비에게서
제일 먼저 떨어져나가는 것은 날개다
아직 파닥거리는 그것들을
개미들이 떠메고 어디론가 간다

어딘가에 날개들만 갈 수 있는 나라가 있으리라,
그곳에서 날개만으로 날아다니는 법을 배우리

허공을 가르던 나비들이
툭 툭, 멈춘 가을 한낮
갑자기 몸이 날개가 된 나비들이
허공에서 땅으로 하얗게 날아든다

다시 개미들이 반대쪽에서 새카맣게 몰려온다

굴을 보는 방법

저 굴(窟)은 오래 뒤집혀질 날을 기다려왔다
굴속에 있던 묵은 먼지와 퀴퀴한 냄새
'철수는 영희와 sex했다'라는 붉은 낙서와 누런 신문지 조각들이
세상으로 쏟아져나오는 날
굴 위에서 그동안 태양과 바람과 공기의 지복을 누리던 산과 나무들은
단숨에 자루 안으로 사라질 것이다
가죽 속에 털 달려 있는 무스탕처럼
그런 날이 온들 무에 이상하겠는가
굴속에서 우거진 나무와 풀이 발견된다면
사람들은 굴을 통과의례로 치르지 않고 그 속으로 소풍 갈 것이다
밤도 낮도 없는 그곳에서 도시락을 까먹고 종일 새처럼 지저귀다
돌아올 땐 바깥의 매서운 바람에 목을 움츠려야 할 것이다

그런 날은 이미 왔는지도 모른다
내가 아는 몇몇 굴의 입구는
벌써 풀과 나무들이 코털처럼 비어져나와 있다
그 속으로 들어서면
언젠가 사라졌다던 영산(靈山)과 짐승들 만날 수 있을까
열대우림이 펼쳐진 사이로 익룡도 천천히 날고 있을까
멀리 고가도로 개설 작업이 한창이다
그중에는 분명 안과 밖이 뒤집어지고 있는 굴이 있을 것이다
그런 굴을 찾는다면 당신은 일약 부자가 되고 말 것이다

빛나는 담

양지 바른 공원 담 밑
노인들이 앉아 있다
묵묵히 해바라기하는 담장 밑으로
공원 속 햇살들 다 모여 있다

가만,
잔뜩 보풀 인 스웨터 속 저 몸들은 지금 분해되고 있는 거나 아닌가
겨우내 바짝 쪼그라든 살갗 틈새로 햇살이 비비고 들어가서는
마침내 살비듬을 부스러뜨리고 떼내어서
지금 어디로든 흘려보내고 있는 거나 아닌가
검버섯 돋은 자리들은 흘러가다 흘러가다
홀로 핀 제비꽃 그림자로 보태어지는 거나 아닌가
조금씩 사라지는 육신의 자리에
어느새 햇살이 소복하니 앉아 있는 거나 아닌가
멀리서 살비듬이 어른거리는 풍경 보고

우리는 봄이 오고 있다고 중얼거리는 거나 아닌가
이상하게 봄 속에는 흙내가 난다고
멀쩡한 콧속 후비고 있는 거나 아닌가

한나절 지나자
무료급식소로 이승의 한끼 때우러 일어서는 노인들 따라
빛나던 담벼락도 금세 저무는 거나 아닌가

수건 한 장

수건 한 장을 덮고 아이가 잔다
수건 한 장으로 덮을 수 있는 몸이 참으로 작다
수건 한 장 속에서 아이는 참 따뜻하게도 잔다
가위눌리는 꿈도 너끈히 막아주는 수건 한 장
그것은 평소 낯을 닦을 때보다 더 크고 폭신해 보인다
수건 한 장은 지금 완벽하다
어떤 바람도 무서움도 스며들지 못한다
굴곡진 아이 몸을 휘감아안고 수건 한 장이 가고 있는 곳
요람처럼 흔들리며 아이가 가고 있는 곳으로
나는 끝내 가지 못하리라
내 몸도 수건 한 장 속에 감춰질 때가 있었던가
나는 더이상 수건과 한몸 되지 못한 채
아침마다 수건 속으로 부끄런 낯이나 묻을 뿐,
아이가 몸을 비틀자 덩달아 비틀리는 수건 한 장
아이는 수건 한 장을 비늘인 양 걸치고 방 전체를 유영한다

수건 한 장 속에서 아이는 지금 안전하다
아무도 건드리지 못하는 수건 한 장
그것을 벗겨냈을 때 아이는 천둥소리를 지르며 깰 것
이다

지하철 안에서 뜨개질하는 여자

지하철 안에서 뜨개질하는 저 여자
창밖에는 구름이 바삐 달려오고
잔뜩 세어진 쐐기풀이 손가락을 찌르는지
미간에 몇겹 주름 일으켜세우고
지하철 안에서 뜨개질하는 여자
귓가에는 벌써 세기 시작한 머리
손등은 검게 거칠어졌어도
앙증맞도록 작은 신발 모두어 앉은 채
손가락만 방개처럼 살아 움직이는
지하철 안에서 뜨개질하는 여자
열두어살을 곱 배로 살고 난 내게
동화는 영원히 끝났어도
나는 아직 날개 가진 백조왕자처럼
하늘에도 땅에도 어울릴 수 없는 때 많고
지금도 지하철 안에서 뜨개질하는 여자
구룽 같은 굴속을 열차가 통과하는 동안,
동화 속 사람들은 현실의 사람들로 바뀌었어도

고개 한번 들지 않고
지하철 안에서 뜨개질하는 여자
다시
긴 한숨 같은 굴속을 열차가 통과하면
완성된 옷 한벌 천천히 개고 있을 여자를 떠올리지만
나는 중년의 목적지 역에서 황망히 내리고
아직도 동화 속처럼 환한
지하철 안에서 뜨개질하고 있을 여자
언젠가 나에게 던져줄 수의 한벌을
업보인 양 짜고 있을

플라스틱 러브

그녀는 매일 알록달록한 플라스틱 통들을 씻네
쪼그리고 앉은 엉덩이 밑에도 빨간 플라스틱 통이 깔려 있네
언제부턴가 모든 것이 플라스틱으로 바뀐 집 안에서

그녀는 매일 알록달록한 플라스틱 음식을 만드네
아침은 플라스틱 라이스버그
점심은 플라스틱 김밥과 플라스틱 가재구이
저녁은 플라스틱 계란말이에 플라스틱 미트 소스
매일 가스 불에 음식을 만들지만
매캐한 플라스틱 타는 냄새만 진동할 뿐,

아이들이 플라스틱 완구 집 속에서 노네
남자아이는 플라스틱 칼을 휘두르며 장군을 꿈꾸고
여자아이는 플라스틱 아기를 재우며 엄마를 꿈꾸지만,

어느날,

그녀는 플라스틱 침대에 눌어붙은 아이들을 발견하네

플라스틱들 사이에서 아직도 늙지 않은 그녀,
불에 데면 새카맣게 눌어붙을 뿐
그녀는 상처가 나지 않는 살을 가졌네

오렌지 슈퍼

오렌지 슈퍼에 가면 물오른 오렌지를 살 수 있을까
언제나 반신(半身)처럼 카운터를 지키고 선 그 여자
누구는 벙어리라 하고
누구는 농약 먹어 성대가 다 상했다 떠들면서도
언제나 밤이면 환하게 술 먹는 사람들로 붐비는 그곳
여자는 카운터에 앉아 쥐포나 오징어를 구워대지
간혹 닭발 같은 손가락을 굽는 일이 있어도
신음을 삼키곤 말아
누구도 그 여자의 입속을 구경해본 적이 없지
쭈글쭈글한 오렌지 두 개가 포장된 채 먼지를 쓰고 앉은
진열대에서 이제 오렌지 따위를 찾는 사람은 없지
한입 베어 물면 알갱이가 터지는 오렌지는
티브이 속 광고에서나 찾아볼 일
꽃이 나비를 부르려면 꿀이 필요하듯
오렌지는 그 가게의 유인책일 뿐,
그 반신에게도 사내가 있었던가
어느날 목에 깁스한 상처투성이 그 여자가

몰래 하품할 때 보았지
컴컴하고 깊은 목젖 속에
뻗어 있는 푸른 나뭇가지 하나를,
아직 어린 그 오렌지 나무를 지키기 위해
여자는 사내 앞에서 얼마나 몸부림쳤을까
앞으로 닥칠 그 어느날
가게문을 밀치기 무섭게 쏟아지는 오렌지 세례는
그간 그 여자가 참고 참았던 말들이 아니었을까

검은 비닐봉지들의 도시

1

지푸라기들이 하찮은 시대는 지났다
검은 비닐봉지들이 거리에 휘날리는 지금은,
무엇이든 버려질 수 있는 시대다
무언가를 담은 채 발견되는 그들은
외투를 뒤집어쓴 부랑자처럼 뒤돌아보게 한다
검은 몸피 속을 더욱 궁금하게 하는 불룩한 뱃속에서
반쯤 썩은 고양이와 음식 쓰레기들과
세상에서 가장 물컹하고 가장 불결한 어떤 것이 나온대도
물끄러미 앉아 있을 검은 비닐봉지들
그들은 시대와 손잡은 공범임에 틀림없다
구겨진 물개 가죽처럼 하수구에 처박혀 있는 놈,
차도 한가운데로 무법자인 양 뛰어든 놈,
시장 아낙들 전대 곁에 시답잖게 매달렸다가 꽃게라도 품으면 무기가 되는 놈

그 검은 아가리 속에서 죽은 태아조차 이름을 잃고 썩어간다
전봇대 아래 우두망찰 앉아 있는 검은 비닐봉지 속에서
정체를 알 수 없는 검은 물이 조금씩 흘러나오고
그 물을 찍어먹는 새앙쥐 눈알이 더욱 반들거리는 저녁
아낙들이 손에 손에 검은 비닐봉지를 든 채 아파트로 들어선다

2

그 한결같이 번들거리는 검은 얼굴들에게
표정을 찾아준 무명 작가가 있었다
비명을 지르거나 뒤틀린 표정의 석고 위로 씌워진 검은 비닐봉지들
그들에게 얼굴이 있었다면 과연 그런 얼굴이었을까

검은 비닐봉지들이 아득히 하늘을 날고 있다
거리의 가장 후미진 곳을 질척이던 그들이
생선 비린내와 흙 부스러기를 날리며 바람이 이끄는 대로 가고 있다
날다가 덜컥, 나뭇가지에 걸리면 마른 잎새 흉내를 내기도 하고
대담한 놈들은 검은 꽃을 피우기도 한다
더이상 무언가를 담지 않아도 될 구겨진 허파 속으로
이제는 바람이 고개를 디밀고 들어선다

가뭄

맞은편에서
등 굽은 할멈이 물통을 수레에 끌고 온다
겨우내 끌어날랐을 물통이
물 흠뻑 먹어 번들거린다
물통에서 떨어진 물이 시멘트 바닥을 기어간다
멀어지는 할멈을 기를 쓰고 따라간다
길 위에서 바짝 타들어가던 풀들
그 물 받아먹고 초록을 연명한다
지나가던 개가 혓바닥으로 척척 물을 발라 먹는다
땅에 떨어진 물의 눈동자들이 빠르게 감겨진다
마른날이 계속될 거라고 한다
낮은 대문 아래 조등(弔燈)이 내걸렸다
나도 모르게 키워오던 목숨들이 과연 있었나
봄이 오면
한 목숨 대신하여 흩날릴 것들이 눈에 선하다
유모차에 장거리를 매달고 돌아오는 길,
할멈이 적셔놓은 길 채 밟아보기도 전에
물의 징검다리가 사라진다

장승들

저 뻐드렁니를 한 놈, 입을 크게 벌리고 웃는 놈,
담배를 피우는 놈, 퉁방울진 눈을 한 놈,
대감모자를 쓴 놈, 혓바닥을 빼 문 놈,

장승들 주름이
비를 긋듯 땅을 향해 있다

주검의 방향을 닮아
사람의 주름이 수평이라면
장승들 주름은 수직이다

등산길에
고사목이 시커멓게 서 있는 것을 본다
태어난 자리에서
서서 맞은 죽음

장승들은 오래전에 죽은 나무들이다

데드마스크를 덮어쓴 장승들이
수직의 주름을 땅속에 꽂고 서 있는 공원

진눈깨비 날리는 사후세상을
이승의 사람들이 천천히 걸어가고 있다

숨은 보물 찾기

머리에 수건을 쓴 여자들이
일렬횡대로 앉아
무언가를 심고 있다

손가락을 바삐 오므려
자꾸 무언가를 땅속으로 숨긴다

순식간에
바구니에 가득 담긴 것들 모두 숨겨지고
새참으로
초콜릿 우유와 빵이 몸속으로 숨겨진다

저네들만 알고 있을 씨앗이 궁금하다
봄이 오면 그들은 낱낱이 발각될 터,

여자들은 내일이면
또다른 인근 공원에 보물을 숨겨놓으러 가야 한다

철없는 바람이 그것을 파헤치든 말든
저 구근을 닮은 여자들
저녁마다 구들장 아래로
한낮에 얼은 뿌리를
질기게 질기게 내리고 잔다

겨울 강가에서

잡풀들 발목 아래
무슨 날짐승 깃털인 양
억새 옷가지가 하얗게 쌓여 있다

때가 되면 스스로 털을 벗는 억새들
아직 체온이 남은 하얀 털이
천천히 겨울 강을 건너간다

강이 내려다보이는 누런 풀밭 위에
커다란 보따리를 가슴에 꽉 안고 자는 여자가 있다
덧껴입은 옷가지들과
얼굴을 덮은 머리카락이
게걸스레 겨울햇살을 빨아들이는 한낮

여자가 가다 만 방향에는
머리칼보다 푸른 강이 흐른다

돌아가야 하리

어디엔가 벌써 첫눈 왔다는 소식이 들린다

멀리에서 억새 옷가지 같은 눈이

이곳으로 다시 옷을 입혀주러

분분히 들를 것이다

족제비 목도리

지하철 안에서
할머니 목에 두른 족제비 목도리
할머니는 점잖게 눈감고 계시고
족제비도 머리와 꼬리 동그랗게 맞댄 채
점잖게 눈감고 있다
두 손 무릎에 포개 얹은 채
가볍게 흔들리는 요동을
지그시 즐기고 계시는 할머니
목을 한겹 결코 조르지는 않게 감고서
무슨 포근한 꿈꾸듯 또아리 틀고 있는
족제비는 글쎄 죽은 것 같지 않은 표정이다
어느 밤거리, 뒷골목이라도
한탕 멋지게 뒤지고 다니는 꿈이라도 꾸는 걸까
입가엔 천복을 타고난다는 미소가 떠나지 않고 있다
지하철 안으로
추위에 전 몸들이 꾸역꾸역 밀려든다
하루하루 내장을 채우기에도 급급한 몸들

체온을 나누려고 서로 밀착시켜온다
내장을 다 들어내고서야
꺼지지 않는 불씨를 품게 된 족제비
닭 모가지 같은 껍질만 남은 목을
내장인 양 품고 있다

제3부

자라

한번도 만날 수 없었던
하얀 손의 그 임자

취한(醉漢)의 발길질에도
고개 한번 내밀지 않던,

한 평의 컨테이너를
등껍질처럼 둘러쓴,

깨어나보면
저 혼자 조금
호수 쪽으로 걸어나간 것 같은

지하철 역 앞
토큰 판매소

오늘 불이 나고

보았다

어서 고개를 내밀라 내밀라고,
사방에서 뿜어대는
소방차의 물줄기 속에서

눈부신 듯
조심스레 기어나오는
꼽추 여자를,

잔뜩 늘어진 티셔츠 위로
자라다 만 목덜미가
서럽도록 희게 빛나는 것을

외곽의 힘 1

이 도시의 외곽에는 짐승들이 산다
동쪽에는 개들이
서쪽에는 오리와 타조들이
사료 더미를 지고 오는
구레나룻 사내들보다 건장하게 자란다

신도시라 이름하는 이 도시에는
걸리적거린다 하여
전봇대들도 다 땅속에 숨겨져 있다
공원과 분수가 넘쳐나는 거리
애완견을 모시고 나온
앵무새 같은 여자들이 산책을 한다
늘 중심에 있는 이곳 사람들은
외곽을 까맣게 잊고 산 지 오래,

보신은 늘 중심엔 없는 걸까
가끔씩 보신을 위해
까만 승용차를 타고 사람들이 외곽을 찾는다

쓰레기가 넘쳐나고 비명소리 들리는 그곳에서
서둘러 보신을 마치고 다시 중심으로 돌아간다

썩은 개울가에 몰래 털이 버려지고
커다란 도마가 서둘러 씻겨지는 외곽에서
짐승들은 쉬지 않고 새끼를 낳아 기른다
무법지와도 같은 그곳
아직 비포장인 도로를 한참 들어가면
음식찌끼 냄새와 분뇨 내가 코를 찌르는 곳

구레나룻 사내 손목에서
끝끝내 내젓던 모가지의 불거진 힘줄,
중심에서 밀려나고 밀려나도
끝내는 더 넓은 외곽으로 세를 넓히는
외곽의 힘은 바로 저런 것이 아니었을까

외곽은 언제나 중심을 먹여살린다

인형극장

환한
벚꽃 나무 아래
장고소리 들린다
파주노인대학 현수막이
높다라니 내걸렸다

여자도 남자도 아닌
한때의 노인들을 품고
환한
벚꽃 나무가
어깨춤에 한껏 홍이 나 있다

환한
벚꽃 나무가 절정이듯
늙음도 절정인 노인들

환한

텃세에
더이상 늙지 못하고
더이상 병들지 못하고

이리 덩실
저리 덩실
줄을 매단
인형들이
춤을 춘다

환한
벚꽃 나무 아래
한잎의 꽃잎도 떨어져 있지 않듯
늙음이 팽팽히 당겨져 있는 하오

인력시장

인력시장 가로수들 사이
간간이 섞인 목련 나무에는
목장갑을 낀 꽃들이 꽂혀 있다

허공에서
일자리 하나 얻기 위해
울룩불룩 울분으로 피어난 저 꽃들

사내들 주머니 깊숙한 곳에도
며칠째 똘똘 말린 채
때 전 꽃송이 한켤레 숨겨져 있다

이른 아침부터 뭉텅이로 피어난 저 꽃들을
씽씽 그냥 지나치는 바람
쓸데없이 꽃잎의 근육만 더욱 부풀리는 봄볕은
아군인가 적군인가

아침이 다 가도록
불러주는 이 하나 없고
땅바닥만 긁다 일어서는 사내들
하늘 한귀퉁이만 긁다 떨어지는 꽃들
떨어진 꽃잎 속에는
아직도 움켜쥔 허공의 냄새가 난다

입춘에

저릿저릿 신경통처럼 밝아오는 아침

녹슨 대문 속에서
기어나온 노파가
안고 있던 스텐 요강을
조심스레 하수구 구멍에 쏟아 붓는다

가늘고 여린 길을 더듬어 내려온
노란 단무지 물에서
아지랑이가 피어오른다

노파의 몸짓이
성수를 붓듯
거룩해 보인다

밤새 잘 절여진 저 지린내가
하수구 속에서

두고두고 두엄꽃을 피우리라

아랫도리

신생아들은 보통 아랫도리를 입히지 않는다
대신 기저귀를 채워놓는다
내가 아이를 낳기 위해 수술을 했을 때도
아랫도리는 벗겨져 있었다
할머니가 병원에서 돌아가실 때도 그랬다
아기처럼 조그마해져선 기저귀 하나만 달랑 차고 계셨다
사랑할 때도 아랫도리는 벗어야 한다
배설이 실제적이듯이
삶이 실전에 돌입할 때는 다 아랫도리를 벗어야 된다

때문에 위대한 동화작가도
아랫도리가 물고기인 인어를 생각해내었는지 모른다
거리에 아랫도리를 가린 사람들이 의기양양 활보하고
있다
그들이 아랫도리를 벗는 날은
한없이 곱상해지고 슬퍼지고 부끄러워지고 촉촉해진다
살아가는 진액이 다 그 속에 숨겨져 있다

신문 사회면에도

아랫도리가 벗겨져 있었다는 말이 심심찮게 등장하는
걸 보면

눈길을 확 끄는 그 말 속에는 분명

사람의 뿌리가 숨겨져 있다

이화식당

벌레 먹은 잎사귀들이
늙은 그늘을 들여앉혔다
뒤틀린 가지와 가지 사이로
차양이 둘러쳐지고
평상이 들어서고
늙은 사내들이 모여
고기를 굽고 술을 마신다

이곳에 배나무가 있었는지는 겨우
'이화'라는 간판에서나 알 수 있을 뿐,
이화란 이름의 여자가
과수원에서 일하는 사내와 배가 맞아
어딘가로 떠났다는 풍문이 들리기도 하는 이곳
이제 그리운 이화는
화투 패를 돌리는
러닝 차림 사내들의 음담에서나 간혹 들려올 뿐,

오랫동안 불임인 배나무
봄이면 몇송이 잊혀졌던 배꽃을
찔끔찔끔 매달아보기도 하는데 그때마다
사내들은 이곳이 배밭이었다는 사실을
오줌발 끝에 진저리치며 잠시 확인할 뿐,
오래전에 꿰매버린 그것을
서둘러 바지춤에 집어넣는다

백열등 빛에 가지가 뒤틀리고
지린내와 가스 불에
잎사귀가 까맣게 타들어가던 배나무들
남쪽 어딘가에서
달고 순한 자식 농사를 잘 짓고 산다는
'이화'라는 여자의 풍문을 들은 그해는
물혹처럼 매달린
시퍼런 열매들을
제 것인 줄도 모르고 떨어뜨리곤 하는 것이었다

푸른 방

풋완두콩 껍질 속에
다섯 개의 완두콩 방이 푸르다
완두콩을 훑노라니
껍질과 콩이 초록의 탯줄들로 연결되어 있는 게 보인다
작은놈에서 큰놈까지 한 놈이라도 놓칠세라
껍질은 탯줄을 뻗쳐 악착같이 붙잡고 있다

밭 너머가 저수지라서였을까
엄마는 나와 동생을 나무에 묶어두었었다
해질 때까지 밭에서 쥐며느리처럼 몸을 말고 계시던 엄마
나와 동생이 조금만 안 보여도 허겁지겁 쫓아오셨다
딴 데 가면 안된다 여기 있어야 한다
엄마가 퉁퉁 불은 젖을 동생에게 물리러 올 때까지
동생과 나는 전지전능한 줄의 반경 아래서 놀았다
엄마가 홀쳐놓은 그 줄을 타고 개미들이 내려오기도 하고

탱탱하게 당겨지면 줄은 짧게 비명을 지르기도 하였다
엄마 젖통이에 푸르딩딩하게 뻗친 힘줄을
동생이 빨아먹는 거라고
그래서 동생의 똥이 푸르다고 생각하던 그때
하늘은 전체가 푸른 방이었다
나무도 너럭바위도 저수지도 모두 초록의 탯줄로 땅에 매달려
우리들처럼 무럭무럭 자라고 있었던 그때
세상은 막 물오른 완두콩 속처럼 안전하였다

푸르른 콩깍지 속에서 나를 빤히 올려다보는 완두콩들
방이 깨지고 탯줄이 끊어지는 순간,
몇놈이 훌쩍 어디론가 내빼고 만다
억지로 떼어낸 젖꼭지 같은 탯줄에서
연녹색 젖이 묻어난다

빈집

무너질 것 같은 창가에
염주나무 하나 서서 오래 흔들린다
몸으로는 안되었는지
그림자까지 가세해서 창을 두드린다

지붕이 점점 내려앉는 집이다
창을 여는 순간 폭삭 내려앉을 집이다

마음은 무한정 열리고픈 창이다
안도 여전히 바깥인
굳이 열 필요가 없는 창이다
언제나 마음으로 열리는 창이다

그렇게 혼자 애태우던 염주나무가
올해는 스스로 환약 같은 염주를 주렁주렁 매달았다
어여 먹고 나으라고
종일 가랑비가 부슬부슬 내린다

풍치

봄이 또 슬쩍 가려나보다
찻물이 알맞게 식을 때를 꼭 맞춰 왔던 사촌 언니가
갈 때가 되었다며
우리 집 방석에서 엉덩이를 든다
갈 때를 알아 방석을 비워놓는 마음이 어찌
사람뿐이랴
꽃송이들이 가지마다 헐렁하게 앉아 있는 폼으로
가만가만 내 잇몸이 들뜨고
집집마다 냄새나고 누런 목련꽃잎들이 흔들리기 시작
한다

외곽의 힘 2

도시의 외곽으로
화훼단지가 펼쳐져 있다
견고한 비닐하우스 아방궁 속에서
천적도 없이 비대해진 꽃들이 사철 피어 있는 그곳

얼마나 신나는 일인가
외곽에서 총이나 대포가 아닌
꽃들이 쳐들어온다는 것, 트럭을 타고
꿀과 향기로 중무장한 그들이
아침마다 톨게이트에 진을 치고 기다린다는 것은,

꽃집마다
비장하게 피어 있는 저 프리지아들
그 빛깔과 향기가 필사적이란 것을
가까이 사는 벌 나비들은 안다

매연 속에서

암 수술을 꼿꼿이 세워 꽃잎 펼치고 있는 것이
치열한 전투가 아님 쓰레기 더미에
저리도 비참하게 말라비틀어진 꽃들을
어찌 설명해야 하나

매일 수만 톤의 꽃들이 도시에서 학살되어도
내일이면 또 수많은 꽃들이 태어나는 외곽,
꽃들은 아직 젊고 혈기왕성하다

도시를 뺑 둘러싸고
핵 실험실이 아닌
꽃들이 진을 치고 있다는 것은
대체로 희망적이다

그들은 매일 핵폭발하듯 꽃을 피운다

말복

비 뿌리는데
둘리 문방구점 평상에
앉아 있는 늙은 사내

앉은뱅이 게임기 위로
철없는 빗방울들
이리 뛰고 저리 뛰고 있다

맞은편 분식점에
무덤처럼 쌓여 있는
도넛들

갑작스레 주어진 형상이 부담스러운
저 단숨에 부푼 구름들
숨겨줄 입을 찾아 간절히
사내를 바라본다

뾰족뾰족 입술을 내민 땅은
빗방울을 잘도 받아먹어주는데
깡마르고 식욕이라곤 도무지 없어 보이는 저 사내

귀를 먹어버리고
팔 다리 신경을 먹어버린 세월에게
언젠가부터 먹이거리로 던져놓은 육신을

오늘은
끈적한 빗방울의 혀가 핥고 간다

코쟁이

얼굴에 동굴을 달고 사는 여자를 안다 코가 잘려나간 여자를 사람들은 코쟁이라 불렀다 여자의 코를 자른 사람은 죽은 남편이라는 소문도 있었다 코가 달렸던 여자를 마을에서 기억하는 사람은 하나도 없다 코가 잘려나간 후 여자는 다시 태어난 듯 유명해졌고 멀리에서도 단연 눈에 띄었다 얼굴 한가운데가 시커멓게 지워진 여자가 동구 밖에 나타나면 아이들은 와 흩어져 집 안으로 사라졌다 어쩌다 가까이 맞닥뜨릴 때면 콧속에서 쏟아져나오는 바람소리가 꿈속까지 따라와 뒷목을 서늘하게 했다

쐐애쐐애거리는 동굴의 언어를 멋지게 구사할 줄 아는 여자는 그 후 이 동굴의 힘을 입어 점 보는 일을 했다 사람들은 지전(紙錢)을 개다리소반에 얹어놓으며 동굴 속에서 울려나오는 심해의 목소리를 운명처럼 믿었다 한번 그곳을 들여다본 사람은 누구든지 맹신하게 되던 그 동굴을 정작 여자는 한번도 들여다보지 않은 듯 그 집에는 거울이 없었다 보이는 것만을 확신시키는 거울보다는 보

이지 않는 세계를 점쳐주는 동굴을 여자들은 더 맹신하게 되었다 멀리에서 찾아온 자가용들이 코쟁이 집을 묻는 일이 많아졌다

태양의 흑점이 자리한 그 얼굴을 어느날 보게 되었다 그동안 동굴은 여자를 먹여살리기보다는 여자를 파먹고 산 것은 아닐까 어느새 더 컴컴해진 구멍이 여자를 삼킬 듯 위태로워 보였다 무엇을 쑤셔넣어도 채워지지 않을 것 같은 그 우묵하고 깊은 허방 속으로 조금씩 삼켜지는 마을 하나를 본 것도 같았다

백일홍

어젯밤
어디서 잤는지
머리에
붉은 실밥이 가득하다

수박장사 리어카조차
그늘에서 쉬고 있는
한낮

지린내가 진동하는
공터에

태양을 독점한 듯
미친 여자 하나
눈부시게
서 있다

예비군 소집일

가로수 아래
시든 모가지를 무릎 사이에 한껏 박고 있네
뙤약볕에 잘못 나온 풋것들 모양,

지루한 심야전을 치르고
단내 나는 입속에 잔뜩 침을 괴고 앉아
단잠에 빠진 저이들

유월의 태양 아래
유일한 피신처인 양
유일한 방탄복인 양
잠을 껴입고
여차하면 잠을
죽음으로 위장하려는 듯

동그랗게 몸을 말아
잠 속에 장전되어 있네
한발의 훌륭한 탄알처럼

동심(同心)

아직 꽃대도 내밀지 않은
목련 나무 아래였습니다

아이를 업고
꽃보다 먼저 핀 내 마음이
환하게 내달아
가지마다 거짓부렁 꽃을 매달게 했는데요

등에서 칭얼대는 소리에
목련이다, 목련,
어르니
신기하게도 아이가
곶감 먹은 듯 잠잠한데요

곰곰이 나무를 올려다보니
가지들도
혹부리 같은 꽃대 하나씩을

들쳐업었는데요

한 가지 재주하기 전
꼭 아픈 우리 아이처럼
보송보송한 포대기에 싸인 고것들
꽃 피려고 호되게 앓는 중인데요

내 꺼칠한 나무등걸 같은 등을 베고
이쁜 꽃망울 닮은 아이 하나
칭얼대구요

제 아이인 줄 알고
화들짝 깬 나뭇가지들
알았다, 알았다고,
굽어진 등을 흔들어줍니다

자작나무

너의 상처를 보여다오
아무도 내 앞을 그냥 지나칠 수 없다
허연 붕대를 휘날리며 서 있는 자작나무들

오래전
죽은 자의 수의를 걸쳐 입은 듯
온몸이 붕대로 친친 감긴
나무들의 미라여

지하 어딘가에 꼭꼭 숨겨진 그를
지상으로 발굴한 자는 누구인가

보름달 빛이 고대의 자태로 내려오는 밤이면
붕대자락이 조금씩 풀린다 하고
그 속에서 텅텅 우는 소리 들린다 하고

나는 태초에 걸어다니는 족속이었으니

이것을 푸는 날은 당당히 걸어가리라

그때마다 잘 가꾸어진 공원의 연둣빛 나무들
조상 대대로 내려오던
원형의 전설을 들은 듯
한곳에 내린 뿌리가 조금씩 들뜬다 하고

그곳이 결국은

늦가을 공원에서 보게 됩니다
낙엽을 쓸어담은 부대자루들을,
푸석푸석한 것들도 뭉치면
저리 탐스런 엉덩이를 가질 수 있다니

모로 누운 부랑자 여인의 엉덩이가
이제 막 사랑을 시작한 듯
다른 둔부에게 밀착하고 있었습니다
지하도 밖은 추웠고
서로의 체온에 기댄 엉덩이들은
끝이 없는 산맥을 이루고 있었습니다

저 낙엽을 가득 담은 엉덩이들은
머잖아 이곳을 떠야 합니다
낙엽이 쫓겨나가는 도시에
우리는 살고 있습니다

그들을 부려놓은 곳
쿰쿰한 나뭇잎 썩는 냄새
빈대와 벼룩이 설치는 그곳에
이제 막 사랑을 시작한 그 둔부도
섞여 있겠지요

결국은
그곳이 우리가 닿아야 할 곳이 아니겠는지요

쉿!

군부대 주변 철조망에 매달린
녹슨 깡통들
상표도 색깔도 다 바래져버리고
이제 무언가를 담지 않아도 그만인 몸뚱이들

오로지
흔들어주는 일만,
환호하여주는 일만 남아
바람의 기척에도
일제히 몸 부딪쳐 소리지른다

사는 일이 모두 기척하는 것만 같아
내 낮은 숨소리조차 들킬 것만 같아
그곳을 지날 때면
괜히 목숨이 움츠려진다

저 요란한 목청만 남은 것들

잘못 건드리는 날이면
싸이렌 소리 다급할 것이다

쏟아지는 플래시 불빛에
잘못 드러난 목숨 몇
죄인처럼 끌려나와
긴 모가지가 환할 것이다

제4부

냄비

할인점에서 고르고 고른
새 냄비를 하나 사서 안고 돌아오는 길이었다

때마침 폭설 내려
이사 온 지 얼마 안된 불안한 길마저 다 지워지고
한순간 허공에 걸린 아파트만을 보며 걸어가고 있었는데
품속의 냄비에게서
희한하게도 위안을 얻는 것이었다

깊고 우묵한 이 냄비 속에서 그동안
내가 끓여낼 밥이 저 폭설만큼 많아서일까
내가 삶아낼 나물이 저 산의 나무들만큼 첩첩이어서일까
천지간 일이 다 냄비와 무관하지 않은 듯하고

불과 열을 이겨낼 냄비의 세월에 비하면
그깟 길 하나 못 찾는 건 아무것도 아니라고
품속의 냄비에게서

희한하게도 밥 익는 김처럼
한줄의 말씀이 길게 새어나오는 것이었다

목련의 힘

봄볕이 따사로운 대학병원 뜰에서였다
3층 아버지의 병실에서 새어나오는 라디오 소리가
목련꽃 정수리를 적시던 중이었다
벌이 날아가는 것 같은 라디오 소리에
꽃송이들 활짝 귀를 여는 중이었는데
언제부턴가 라디오 소리로 소란스런 아버지 잠 속으로
오늘은 목련꽃 몇송이 발탁되어 걸어들어간 것이었던가
한결 잠잠해진 아버지의 잠을 빠져나와
앉아 있던 뜰에서 보았다

목련 나무 아래
소복을 입은 여자 둘이 흰 보자기를 풀어
꽃보다 흰 백설기를 먹고 있는 것을,
슬픔도 주린 배를 채워주진 못한 모양,
쏟아지는 봄볕에 유일한 출구인 듯
커다란 구멍이 열리고 닫히는 것을,

흰 꽃송이들 몇개 허겁지겁 삼켜지고
그 여자들 고운 백설기 가루만 흘려놓은 채 사라지고
없는 것을

그간 잊고 있었던
내 안의 허기도 출렁거리는 순간,
멀리서 목련꽃 송이를 컥컥 뱉어내는
아버지의 기침 소리가 연거푸 들리는 것이었다

우동 한 그릇

이른 아침 분식점에서
우동을 먹고 있는 아낙

큰 보따리 속에서
막 빠져나온 듯한
구겨진 몸 속으로
뜨신 면발을 쓸어넣는다

저 김 오른 한 그릇
탕(湯) 속에서
여자는 언 두 발을 뻗었나보다
잔뜩 독 오른 몸을 녹였나보다

밤새 꾸들꾸들 굳어가던 면발은
여자의 뜨신 내장 속에서
이제사 맘껏 불어터지겠구나

구겨진 튜브 같은 상반신이
점점 펴지더니
껴입은 외투에서도
뜨신 김이 피어오른다

여자가 떠난 자리
바닥난 우동 그릇 하나
무엇이라도 다 품을 듯
충만하게 비어 있다

걷는 여자

여자는 땅을 보며 걷는다
정확하게 말하면 시멘트 바닥만 보며 걷는다

걸으면 걸을수록
이 길은 벽이란 생각이 든다
암벽 타기처럼 길을 수직으로 타고 있는 여자
담쟁이넝쿨처럼 까칠한 손바닥을 가진
여자는 지금 벽을 기어오르고 있다

아무리 기를 쓰고 올라가도
천장에 닿지 않는 벽
지붕에 닿지 않는 벽이 끝도 없이 이어져 있다
낙엽들과 토사물조차 비가 오면 어디론가 쓸려나가고
영원한 것은
오직 이 딱딱하고 소통불능인 벽 하나일 뿐
못 하나 쳐져 있지 않는 그 위로
나무들과 잡풀들도 기를 쓰고 기어오르고 있다

취로사업 나온 사람들
문을 찾듯 보도블록을 열어젖히고들 있지만
그 속에 숨어 있는 붉고 거대한 벽을 또 발견할 뿐,
내려가는 길도
실은 오르막인 거대한 벽에 갇혀
여자는 심한 어지럼을 느낀다

내일 다시 오를 벽을 남겨둔 채
집으로 돌아오는 길
오래된 껌처럼 눌어붙은 무덤들은
아직도 벽을 기어오르고 있는 중인 듯했다

눈사람 반 개

골목에
뒹굴고 있는 눈사람 반 개
단호하게 쪼개진 그 속에는
뼛조각 하나 보이지 않는다

그날
퍽! 하고 쪼개진 눈사람 반 개여
하마터면 쏟아질 뻔한 피를
맘속으로만 흘려야 하는,
두개골이 쪼개지고 심장이 터지는 고통을
이 악물고
오로지 흰빛으로만 말해야 하는
저 천형!

며칠 후 그 속에서
지푸라기들이 풀려나오고
발자국과

골목이 흘러나올 때까지도
멀뚱멀뚱 보고만 앉아 있는
눈사람 반 개

어느덧
먼지를 쓰고 앉아
유일한 임무인 듯
지루하게 해체중인*
새카만 발바닥 아래

조용히 첫눈을 뜨는
풀씨가 있다는 걸
그도 알까

* 최승호 시인의 시 제목 '지루하게 해체중인 인생'에서 인용.

오래된 거울

그 기사식당 벽에는
아주 오래된 거울이 하나 걸려 있다
더운 찌개의 김으로
한번도 무엇을 비춰본 적 없는 거울이
이제는 켜켜이 쌓여진 먼지로 희뿌연 자태를 용인하며
식당이 생긴 이래
한번도 바뀌지 않고 그 자리에 걸려 있다

간혹 그 속으로 이쑤시개를 들이밀며 들어가려는 자들은
아무것도 비추지 않는 거울의 완강함에 당황한다
스스로 맘속으로 거울을 만들지 않고는
볼 수 없는 거울이
그 식당 벽 한가운데 떡하니 걸려 있는 것이다

맞은편에는 거울 속을 포기한 러브체인 조화가
머리도 빗지 않고 꾀죄죄하게 매달린 그 식당
매일 밀려드는 기사들로 시끌한 그곳에서

제일 조용한 곳은 거울 속이다

기어코 그 속으로 들어가려던 풍경 하나가
쨍그렁, 그것을 깨고 들어간 흔적이 있는 그 거울
그런 무모한 일을 벌이는 풍경조차 없는 요즈음
거울은 이물스럽게 조용하다
그 흐리고 탁한 호수 속으로 간혹 얼굴을 디밀어볼 때가 있다
그때 흐릿하게 비춰오던 형체는
이미 오래전에 흘려버린 내 모습이 아니던가!

어느날 다시 찾은 그 식당
거울은 이제 그만의 그림으로 안을 가득 채워가고 있었다
이발소 그림보다 흐릿하지만,
오래전 처음 보았던 풍경을
밑바탕부터 썩 훌륭하게 데쌩해나가고 있었다

밥에 대한 예의

폭설 내리고 한 달
나무들은 제 그늘 속에
아직도 녹지 않은 눈을 매달고 있다
나중에 먹으려고 남겨둔
식은 밥처럼

인근 취로사업장에서 이곳 공원으로 찾아든 아낙들이
도시락을 먹는다
그동안 흰 눈밥이 너무 싱거웠던가
물씬 피어나는 파김치와 깻잎 장아찌 냄새에
조용하던 나뭇가지가 한순간 일렁인다

어서 흰 밥덩이를 모두 해치우고
또 보도블록을 교체하러 가야 하는 저이들
밀어넣는 밥숟갈이 너무 크다
크고 헐렁한 위장은 또 얼마나 위대한가*

그러나
나무들은 천천히 눈밥을 녹여가며 먹는다
저번 눈밥보다 맛이 어떤가 음미하면서,
서서히 뿌리가 가지로 맛을 전하면서,
제 몸의 기관들 일제히 물오르는 소릴 들으면서
나무들은 할 수 있는 모든 예우를 다 갖추어
눈밥을 떠먹는다

* 장석주 시인의 시 제목 '크고 헐렁헐렁한 바지'에서 인용.

진눈깨비

흐린 날 그의 식솔들이 왔다
헐리고 있는 중인 듯 모두가 표정이 없었다
뜨락에서 머뭇거리던 그가 먼저 흰 고무신을 벗었고
어미가 각기 틀리다는 그의 아이들이
부스럼 딱지를 날리며 우르르 몰려들어왔다

평소에도 말이 없던 할아버지는 그날 더욱 말이 없으셨다
닭 벼슬 붉은 마당에 그의 아이들이 병아리 떼처럼 붐볐다
암탉의 깃털 속이 더 따뜻한 아이들
닭장 속에서 번데기를 사먹다 들킨 아이들
우리는 여차하면 빗자루로 쓸어낼 기세였지만
양지 속으로 감히 나오는 법 없이 아이들은
닭장과 빈 돼지우리를 번갈아가며 붐볐다

아이들이 오자, 이상하게도

우리 집 그늘이 조금씩 넓어졌다
마당에서 햇볕을 따라가며 이불을 너시던 엄마
나중에는 축축한 이불을 그냥 덮고 자는 날이 많아졌다
기대고 있던 벽이 축축해서 깜짝 놀라기도 했다

유난히 길었던 그해 겨울
하늘은 심심하면 그의 아이들을 마당에 풀어놓았다
우리들은 머리에 수북하게 자란 이끼를 긁어대며
중동 어딘가에서 일한다는 그가
화염 같은 태양을 이끌고 귀국할 날을 손꼽아 기다렸다

산책

저것 봐
멀리 태풍의 냄새를 미리 맡고서
가로수 잎사귀들이 웅성거리고 있어

미리 낌새를 알아차린다는 것
예감한다는 것은 고독한 거라고
오늘은 적고 싶어

저것 봐
태풍이 온다고
물결무늬 이발소 그림을 멈추고
입간판을 거둬들이라고
가장 멀리 있는 이파리부터 가장 심하게 흔들려

지금 어디에선가
네 몸의 뚜껑이었던 지붕이 날아가고
해일에 스무 번도 넘게 배가 뒤집어지고

새끼 밴 어미돼지가 불안하게 축사를 맴돌겠지

몸에서 뻗어나간 모든 끝자락들은
언제나 다른 것과 내통하고 있었다고도 적고 싶어

오늘은 태풍이 온다고
가로수 끝자락들 저리도 설쳐대고
이것 봐
네 머리칼 끝자락도
번쩍번쩍 정전기를 일으키네

여름목련

저 짓무를 듯 빼곡한 푸름의 자리는
한때 꽃들의 자리였다
잎보다 먼저 허공을 다녀간 목련꽃들
그 단아한 자태에 허공은 기꺼이 무중력이 되어주었는데
꽃송이들 역시 번질 수 있는 데까지 번져갔는데
하 수상한 시절에 어김없이 사라져간 그들 자리를 되짚어
혀처럼 핥아 올라가는 것이 있었으니
꽃들 머문 자리를 한점이라도 놓칠세라,
허공에게 수소문하여
여백마저 빼곡하게 채워 피어 있는 잎사귀들,
오로지 꽃을 느끼기 위한 일념으로
비와 바람과 햇볕의 비타민 쏙쏙 뽑아 먹으며
한여름, 목련 나무는
한잎의 잎사귀도 흘리지 않고 온힘으로 탱탱하게 뭉쳐져 서 있다

혹시 모른다
들여다볼 수 없게 빼곡한 저 품속에
아무도 훔쳐가지 못하게 목련 한송이를 품고 있는지도,

외삼촌께서
돌아가신 외숙모가
즐겨 보시던 거울을 에둘러 닦으실 때처럼,
늘 이맘때면 목련 나무는
꽃이 피었던 자리를 에둘러 잎사귀들을 피우는 거였다

창밖에는 눈이 내리고요

창밖에는 눈이 내리고요
어린 딸과 식탁에 앉아 귤을 까먹어요
딸은 귤을 자꾸 오렌지라 우기고요
나는 덩달아
이국의 농가에서 한창 익어갈 오렌지 생각에
그만 신 침을 흘리네요

지금 당신에게 고백하건대
항상 그랬어요
봄 딸기를 먹으면서 익지도 않은 사과를 떠올리고
지나가는 큰 아이를 돌아보며 우리 아이의 큰 모습을 떠올리며
빙그레 웃지요

항상 그랬어요
미래를 생각하면 소풍 가기 전날 같아요
정작 소풍날은 싱겁고 재미없는 것처럼
과거 속 소풍날인 지금도 그리 신나진 않아요

네 살배기 딸애도 내가 그처럼 생각하던 그 애일까요

저 밋밋하게 내리는 눈 속에도
지난 여름날
번쩍거리던 폭풍우 냄새가 나요
창밖에는 눈이 내리고요
나는 매일 뜀뛰기하며 살아요

미역국 끓는 소리

방에 누워 부엌에서 미역국 끓는 소리를 듣는다

비릿한 미역줄기들이 커튼처럼
우리 집 창틀에 매달리는 걸 본다 그 속에
미역줄기 같은 머리를 감고 죽은 앵두집 아이도 보인다
그 아이의 심하게 접힌 다리가 이상하게도 펴져 있었다
저수지에 빠져 죽은 그 아이
그곳에선 앉은뱅이 다리가 쉽게 풀리더라고
부러진 의자들도 수초처럼 물결에 흔들리며 서 있다고
그곳에선 모든 것이 펄펄 끓는 춤이더라고

방안에서 듣는 미역국 끓는 소리는
다급하게 누군가 우리 집 지붕을 열려고 들썩거리는 소리 같다
장롱 속 이불들이 들썩거리고
옷장 속 개어진 옷들이 천천히 일어서고
저수지 아래 가라앉은 내 노래가
서서히 비등점을 향해 끓어오를 때

■
해설

지루한 운명과 환멸의 형식

김경복

한 세기가 흘러도 현명한 석학의 말은 여전히 우리의 가슴을 울린다. 루카치(G. Lukács)는 「에쎄이의 본질과 형식」에서 예술은 영혼과 운명을 제시한다고 했다. 영혼과 운명, 그것은 당대를 살고 있는 인간 존재의 본질을 일컬을 텐데 루카치는 이것이 예술의 형식 속에서 구현된다고 한다. 이때 형식은 인간의 영혼과 운명을 담아내는 그릇으로서 시대적 현실 속의 미적 존재성을 드러내는 방식이라는 것이다. 루카치는 그 형식의 하나인 서정시에 관해 시와 삶 사이에는 긴장이 갖추어져 있어야 한다고 말한다. 왜냐하면 긴장은 시와 삶 양쪽의 가치를 모두 창조해내기 때문이다. 그가 말하고 있는 긴장은 시의 사회적 응전, 즉 자본주의화되어가는 20세기 초 서구 사회에 대한 시인의 항의 내지 불화를 의미한다. 그 긴장이 녹아든 지점 역시 예술의 형식임은 두말할 필요가 없다.

루카치의 말을 되새길 때마다 우리 시대의 영혼과 운명이 어떤 형식으로 표출되어야 마땅할 것인가를 고민하는 일이 비평의 주된 관심사라 할 수 있다. 그렇다면 후기산업자본주의 사회를 보내고 있는 오늘의 우리 존재성을 서정시로 드러낸다면 어떤 모습일까? 그것을 찾는 것은 비평뿐만 아니라 오늘의 예술가로서 시인이 해야 할 본원적 임무일 것이다. 그럴 때 문성해의 시는 이 물음에 대한 하나의 실마리로 다가온다. 문성해의 시는 후기산업자본주의 사회, 아니 좀더 정확히 말한다면 소비자본주의 사회라는 이름이 더 적절한 현(現) 자본주의사회 속의 삶의 방식을 '문제적'으로 보여주고 있다. 그녀의 시는 인간이 자본과 욕망의 노예가 되어 어쩔 수 없이 '사물화'의 세계로 빠져드는 우울한 병리 현상을 예리하게 포착해 보여준다. 그 점에서 그녀의 시를 감상한다는 것은 당대의 벌거벗은 우리의 영혼과 운명을 만나는 일이자 당대의 예술이 지녀야 할 형식을 이해하는 일이 된다. 그것이 비록 고통스런 일로 발전할지라도 진실의 확인은 언제나 존재의 의미를 고양시키는 것이기에 가치있는 일이다.

사실을 알기 위해 시인이 만든 시적 풍경 속으로 들어가보자. 문성해의 첫 시집 『자라』의 풍경은 시인이 당대를 살면서 고뇌했던 여러 겹의 삶의 결들로 구축되어 있다. 그 결들은 씨줄과 날줄로 얽히면서 문성해의 시적 풍경을 이루고 있는데, 여러 무늬가 다양하게 펼쳐져 있어도 하나의 주제로 수렴되듯, 시인의 의식을 중심으로 인도하는 이미지 역시 존재하게 마련이다. 시인이 본능적으로 엮어가는 이미지의 선을 따라가면 우리는 다분히 이물스럽고도 놀라운 다음과 같은 이미지를 만나게 된다.

비는 점점 거세어지고 움푹움푹 골이 파이는 거울
깨질 듯 끝내 깨지지는 못하고
사람들 얼굴에도 들러붙어
번질거리기 시작한다

—「깨지지 않는 거울」 부분

겨우내 끌어날랐을 물통이
물 흠뻑 먹어 번들거린다
물통에서 떨어진 물이 시멘트 바닥을 기어간다

멀어지는 할멈을 기를 쓰고 따라간다

—「가뭄」 부분

이 두 편의 시에 나타난 주요 대상은 '물'이다. '거울'로 표현된 대상은 빗방울이며, '물통'에 담겨 출렁대는 것도 물이다. 그런데 이 물은 생명을 기르는 물도 아니고, 강과 들판을 흘러가는 유장한 물도 아니다. 정화(淨化)를 상징하는 담백한 물은 더욱 아니다. 여기서 그것은 "번질거리기 시작한다"나 "번들거린다"에서 볼 수 있듯 '기름기'가 도는 물체로 드러나고 있다. 놀랍게도 문성해에게 물은 동물적 속성을 띠고 나타나고 있다. 이때 동물적 속성이란 무엇인가. 그것은 '포식'과 관련된 동물의 욕망이다. 이 시들에서 물은 사람의 얼굴이나 물통에 묻어 동물적 욕망을 자연스럽게 환기함으로써 욕망에 붙잡힌 세계를 드러내고 있다.

그 점에서 이 시에서 우리가 느끼는 것은 흉물스러움이다. 시적 세계는 동물적 느물거림과 번들거림으로 혐오스럽다. 그것이 더욱 구체화된 표현은 다음과 같다.

정체를 알 수 없는 검은 물이 조금씩 흘러나오고
그 물을 찍어먹는 새앙쥐 눈알이 더욱 반들거리는

저녁

—「검은 비닐 봉지들의 도시」 부분

시적 세계로 "검은 물이 조금씩 흘러나오고" 그 물에 '새앙쥐'의 눈알이 '반들거려지는' 저녁이 제시되고 있다. 밝고 맑은 분위기가 사라지고 '검은 물' '검은 비닐'로 대변되는 어둡고 탁한 물질이 세계를 지배하는 풍경이다. 이 시에서도 '반들거리는' 이미지는 맑은 윤기가 아니라 동물적 욕망을 의미하는 기름기 도는 모습이다. 그 점에서 기름기 도는 새앙쥐의 눈알은 욕망을 좇아 이리저리 헤매는 소비자본주의 사회 속의 타락한 현대인의 상징이다.

이러한 흉물스러움과 이질감이 시의 가장 심층부를 구성하는 풍경이 되고 있다는 점에서 그녀의 시적 세계는 동물과 곤충들의 느물거리고, 서걱대고, 쩝쩝대는 이미지로 가득 차 있다.

캄캄한 바깥에서
내 마음이 잉잉 운다
그대 창문 촘촘한 방충망에 걸려
내 은빛 날개가 갈가리 부서지고 있다

—「들여다보기」 부분

풀들이 조금씩 조금씩 우리를 향하여 기어오고 있구
나 애야, 쉿! 그만 울음을 그쳐라 내가 굵다란 막대기를
준비할 동안, 너는 호주머니 속의 건빵을 집어던지고
있으렴, 녹색 짐승들이 건빵을 먹으려고 몸을 일으킬
동안, 우리는 멀리멀리 달아날 수 있을 거야

—「들녘에서」 부분

문성해의 시에서 모든 대상들은 쉬이 동물화된다. 자신은 이미 '곤충'으로 날개가 부서지고 있음을 실감하고, 풀들마저 '녹색 짐승'으로 기어오고 있음을 느낀다. 심지어 꽃들조차 "지린내가 진동하는/공터"(「백일홍」)에서 짐승의 냄새를 풍기고 있고, 컨테이너 박스 속의 토큰 판매원인 "꼽추 여자"는 "눈부신 듯/조심스레 기어나오는"(「자라」) '자라'로 표현되고 있다. "내 마음속 속살거림들"(「벌레 소리」)은 '벌레 소리'로 들려오고, "옥수수 열매들(도)/하늘 향해 누런 이빨을 드러낸다"(「누설」). 온 세계가 모두 곤충이나 동물의 특성을 가짐으로 인해 시의 특권적 이미지는 동물적 감각과 욕망으로 질서화된다.

그렇다면 문성해의 시에서 이러한 동물적 이미지는 도

대체 무엇을 말하는가? 그것은 인간이 동물과 같거나 동물보다 못한 상태로 존재하는 것을 말하고자 함이 아닐까. 인간이 동물이나 곤충으로 격하되는 것은 바로 인간의 비인간화에 대한 신랄한 풍자다. 그러므로 인간과 인간을 둘러싼 세계의 풍경을 동물적 감각과 욕망으로 구축하는 것은 타락한 세계에 대한 시인의 차가운 응전이다. 다음과 같은 시가 바로 그러한 표현이 아닐까.

> 목련이 내려다본다
> 뜨락에 흩어져 있는 신발들과
> 목련 나무 아래 묶여 있는 개를,
> 개의 목을 파랗게 조여오는 쇠줄을,
>
> 이윽고 물이 끓으면
> 까맣게 그을린 껍데기가 벗겨지고
> 왁자지껄 국그릇이 돌아가고
> 목련 나무 아래,
>
> ―「봄날」 부분

이 시는 세 가지 측면에서 문제적이다. 우선 내용적 측면에서 욕망에 사로잡힌 현대인의 행태를 씨니컬하게 묘

사하고 있다. 제 자신의 보신을 위해 타자의 생명을 아무 죄의식 없이 두드려잡는 욕망의 무자비함을 냉정한 시선으로 그려내고 있다. 두번째로 이 시는 초점 화자를 '목련'이라는 사물로 내세워 비인간적 시점을 취하고 있다. 이것은 욕망에 사로잡힌 인간의 타락한 행태를 차갑게 들추어내기 위한 방법적 대응이다. 이 시에서 사물은 메마른 어조로 사물보다 더 사물화된 인간의 타락한 속성을 증언한다. 그런 점에서 세번째로 이 시는 내용과 문체 면에서 '봄날'이라는 가장 안온하고 화평한 날이 실은 욕망의 잔인함이 극에 달한 추악한 날이라는 아이러니를 풍자로 보여주고 있다. 그것은 한편으로 프라이(N. Frye)가 분류한 악마적 이미지가 왜 이 시대에 나타날 수밖에 없는가를 보여주는 것이기도 하다. 이 시의 전언으로 볼 때 욕망으로 세계는 동물적이 되면서 타락하여 악마적 비전을 띠게 된다.

문성해의 시는 이 점에서 대체로 대상과 거리를 두고 관찰하는 아이러니 정신을 보여준다. 아이러니는 대상과 조화할 수 없는 '거리감'을 표현하기 위한 현대적 방법이다. 일차적으로 시인의 시적 형식은 아이러니와 풍자로 세계에 대응하고 있다. 그런 점에서 시인은 '봄날'을 노래하고 있지만 사실적 측면에서는 '겨울'을 노래하고 있는 셈이다.

이러한 타락하고 속화된 동물적 세계에서 자연스럽게 문제적이 되는 것은 욕망의 무한증식이다. 산업자본주의 사회에서 소비로 대표되는 욕망의 무한증식은 자본주의 생리가 보여주는 이윤의 무한증식과 정확히 대응된다. 문성해의 시에서 공룡처럼 커진 욕망이 끝내는 제 자신마저 집어삼키고서야 만족하는 것은 이러한 소비자본주의 사회의 생리를 본질적인 측면에서 묘파(描破)한 것이다. 다음 시들이 그것이다.

먹어도 먹어도
보채는 저 붉은 입술 속으로
부지깽이를
마침내는
자신을 던져넣어야 하는

하 막막한 사랑 하나를

—「난로」 부분

태양의 흑점이 자리한 그 얼굴을 어느날 보게 되었다 그동안 동굴은 여자를 먹여살리기보다는 여자를 파먹고 산 것은 아닐까 어느새 더 컴컴해진 구멍이 여자를 삼킬 듯 위태로워 보였다 무엇을 쑤셔넣어도 채워지지 않을 것 같은 그 우묵하고 깊은 허방 속으로 조금씩 삼켜지는 마을 하나를 본 것도 같았다

—「코쟁이」 부분

'난로'로 상징화된 욕망은 "마침내는/자신을 던져넣어야" 끝나는 법이다. '동굴'로 상징화된 욕망은 여자로 하여금 욕망을 추구하며 살아온 것이 아니라 욕망에 잠식당해 살아온 것임을 깨닫게 한다. 이 시들에서 산업자본주의 사회에서의 삶이란 결코 욕망의 그물에서 벗어날 수 없으며, 끝내 욕망의 노예가 되어 허깨비처럼 살아가야 함을 가르쳐준다. 때문에 동물적 욕망의 실체는 죽음으로 끝나고 마는 자기망각 내지 자기상실이다.

이 점에서 소비자본주의 사회에서 욕망은 결코 달성되는 법이 없다. 특히 그 욕망이 진정한 욕망이 아니라 허위 욕망이기 때문에 지연은 더하다. 허위 욕망에 사로잡혀 끝없는 욕망을 추구하는 것은 '도로(徒勞)'와 같다. 무의미하고 허무할 뿐이다. 욕망의 무료함 내지 지리멸렬이 문제되는 것은 이때다.

페트병 한개와 물고 뜯는 시간, 나는
이것을 단순해지기 위한 노력이라 부른다
썩은 고깃덩어리로 던져진
이 도시에서 단단한 무기질의 희망
얻기가 그리 쉬운가
누르기만 하면 입발린 언약들
당장이라도 쏟아내는 자판기들아

—「공터에서 찾다」 부분

욕망 주체로서 '개'가 된 내가 허위 음식으로서 '페트병'을 물고 뜯는 것은 욕망의 지배 하에 놓여 있기 때문이다. 페트병은 내게 아무런 충족을 주지 못한다. 그러나 욕망은 습관처럼 중독되어 있기 때문에, 이 시에서 말하는 것처럼 "무기질의 희망"에 사로잡혀 어떤 행사라도 해야 한다. 이 '개'의 욕망은 자판기로 표현된 곳의 '자동인형화'된 삶처럼 우리의 삶 역시 중독과 '도로'로 병들어 있는 생임을 보여준다. 이 시에서 우리들 삶은 언제나 조작과 허위로 일관되어 진정성을 잃고 무료함 속에 방치되어 있음이 폭로되고 있다. 그렇기에 다음과 같은 시는 아예 더 노골적으로 지루하고 거짓된 삶의 모습을 비꼰다.

그녀는 매일 알록달록한 플라스틱 음식을 만드네
아침은 플라스틱 라이스버거
점심은 플라스틱 김밥과 플라스틱 가재구이
저녁은 플라스틱 계란말이에 플라스틱 미트 소스
매일 가스 불에 음식을 만들지만
매캐한 플라스틱 타는 냄새만 진동할 뿐,

—「플라스틱 러브」 부분

욕망의 허위로 인한 비인간화, 비진정성, 비본래성 등은 이제 산업자본주의 사회 속의 인간의 본질이 되어버렸다. 플라스틱과 같은 모조품에 생명의 활동과 작용을 기대하는 것은 인간의 비인간화가 더 진전될 것이 없는 막다른 상황임을 보여준다. 이러한 삶에 방치된 인간의 영혼은 자연과 분리되고, 유기적 조화로부터 동떨어진 병든 영혼임에 틀림없다.

이러한 허위와 비자연적 존재에 대한 추구는 우리들 삶이 뒤집혀 있음을 입증한다. 그런 점에서 문성해는 풍자의 힘을 더욱 밀어올려 전도된 세계의 감춰진 진실을 폭로한다. 그것은 당대의 역사적 현실에 대한 리얼리즘적 인식이다. 다음 시들이 그런 것이다.

가시 울타리에 날개가 찢긴 나비들 그중 가장 모질게 찢긴 나비가 그날의 여왕이 되는 곳, 온갖 잡새들 모두 그 아래 머리 조아리는 곳, 세상에서 가장 가벼운 영혼이 대접받는 곳으로 나비야, 청산 가지 않겠니? 그곳은 엄격히 말하면 푸른 탱자 가시들이 창궐한 곳, (…) 가시 울타리에 슬쩍슬쩍 긁힌 상처들이 처연한 문양이 되는 곳, 피의 문양은 가문 대대로의 영광이로세, (…) 봄만 되면 어김없이 사타구니를 벌리는 꽃들에게선 이제 매독 내가 나,

—「나비야, 청산 가자」 부분

굴속에서 우거진 나무와 풀이 발견된다면
사람들은 굴을 통과의례로 치르지 않고 그 속으로 소풍 갈 것이다
밤도 낮도 없는 그곳에서 도시락을 까먹고 종일 새처럼 지저귀다
돌아올 땐 바깥의 매서운 바람에 목을 움츠려야 할 것이다
그런 날은 이미 왔는지도 모른다
내가 아는 몇몇 굴의 입구는
벌써 풀과 나무들이 코털처럼 비어져나와 있다

그 속으로 들어서면
언젠가 사라졌다던 영산(靈山)과 짐승들 만날 수 있을까
열대우림이 펼쳐진 사이로 익룡도 천천히 날고 있을까
멀리 고가도로 개설 작업이 한창이다
그중에는 분명 안과 밖이 뒤집어지고 있는 굴이 있을 것이다

—「굴을 보는 방법」 부분

전도된 세계의 풍경은 삭막하기 그지없다. 나비와 함께 찾아가는 '청산'은 "세상에서 가장 가벼운 영혼이 대접받는 곳"이자, "가시 울타리에 슬쩍슬쩍 긁힌 상처들이 처연한 문양이 되는 곳, 피의 문양은 가문 대대로의 영광"이 되는 뒤집힌 곳이다. '굴'도 마찬가지. 통과의례로 지나가던 굴이 이제 영산과 익룡 등도 만날 수 있는 신비한 곳이 된다. 그러나 그 굴은 '갇힌 곳'이다. 뒤집힌 세계는 시적 화자들에게 상처를 준다. 상처 입으면서도 전도된 세계에 살지 않을 수 없는 것은 우리가 마주하고 있는 이 현실이 바로 '벽'이자 '감옥'이기 때문이다. 현실이 감옥일 때 그것의 뒤집힌 형상 역시 또다른 감옥일 뿐이다. 그 점에서 이번 시집의 백미가 되고 있는 다음 시는 많은

동시대적 사유거리를 남긴다.

아무리 기를 쓰고 올라가도
천장에 닿지 않는 벽
지붕에 닿지 않는 벽이 끝도 없이 이어져 있다
낙엽들과 토사물조차 비가 오면 어디론가 쓸려나가고
영원한 것은
오직 이 딱딱하고 소통불능인 벽 하나일 뿐
못 하나 쳐져 있지 않은 그 위로
나무들과 잡풀들도 기를 쓰고 기어오르고 있다

취로사업 나온 사람들
문을 찾듯 보도블록을 열어젖히고들 있지만
그 속에 숨어 있는 붉고 거대한 벽을 또 발견할 뿐,
내려가는 길도
실은 오르막인 거대한 벽에 갇혀
여자는 심한 어지럼을 느낀다

—「걷는 여자」 부분

길이 벽으로 화한 세계는 전도된 세계일 것이다. 소통가능한 지역이 소통불가능한 영역으로 바뀌면서 '거대한 벽'으로 존재들을 가둔다면 그것은 단절된, 소외된 삶이 양산되는 것을 상징한다. 분열과 소외로 우울증이 내면화되기 쉬운 현대인들에게 단절과 갇힘으로 인한 '심한 어지럼'은 이제 피할 수 없는 운명일지 모르겠다. 그 피할 수 없는 지루한 운명에 대한 풍자적 대응이야말로 전도된 세계에 대한 절실한 응전이다. 타락한 현실에 대한 자기부정은 더 나아갈 수 없는 존재의 환멸을 함축한다. 이 환멸의 형식이 타락한 영혼, 병든 영혼의 지루한 운명을 담아내는 그릇이 되는 것이다.

아도르노(Th. Adorno)는 「시와 사회에 대한 강연」에서 근대 이후 넓게 퍼진, 산업혁명 이후 삶의 지배적인 힘으로 전개되는 세계의 사물화와 인간에 대한 상품의 지배에 대한 반작용 형태로 시정신은 나타난다 하여, 사물의 폭력에 대항하는 것, 곧 '인간화'를 시정신의 핵심으로 꼽았다. 때문에 아도르노에 따르면 서정시는 그 의미가 순수하면 할수록 세계와의 불화(不和)의 순간을 그 자신에 내포하고 있다는 것이다. 즉 서정시는 모든 개개인이 그 스스로에 대해 절대적이며, 낯설고 매몰차고, 압제적인 것으로 느끼는 사회적 상황에 대한 항의를 포함하고 있다. 이러한 불화, 또는 항의가 서정시에서 의미가 있게 되는 것은 그러한 불화, 항의가 근대 세계를 이루는 사회의 집단적 저류(ein kollektiver Unterstrom)가 되고 있기 때문이다. 따라서 아도르노는 시인은 이러한 집단적 저류에 대해 관심을 가져야 하고 항상 이를 대변해야 한다고 역설한다.

이 내용으로 볼 때 문성해의 시는 바로 소비로 표상되는 산업자본주의 사회에 물화되어가는 사람들의 집단적 저류를 대변하고 있는 셈이다. 그 점에서 문성해의 시는 욕망과 허위, 비생명성으로 메말라가는 현대인의 지루한 삶을 관찰하고 그것에 일정한 형식을 부여함으로써 우리 시대의 문학적 형식을 얻고 있다. 지루한 생의 운명적 형식으로서 환멸의 양식.

시인에게도 이러한 형식을 초월할 상(像)은 있다. 시인의 유년의 추억에 해당하는 시, "하늘은 전체가 푸른 방이었다/나무도 너럭바위도 저수지도 모두 초록의 탯줄로 땅에 매달려/우리들처럼 무럭무럭 자라고 있었던 그때/세상은 막 물오른 완두콩 속처럼 안전하였다"(「푸른 방」)는 내용은 루카치가 말한 바 있는 원환적 전체성이 이룩된 세계다. 근원의 풍요로움으로 미래를 투사하는 경향적 형식이 될 만하다. 그러나 문성해의 기질은 이런 시와 안 어울린다. 현실과의 냉정한 싸움을 통해 후기산업자본주의 사회의 맹점과 급소를 발견하고 그것에 일격을 가하는 것을 원한다. 끝까지 가보고 아파함으로써 문제의 핵심을 찾기를 원한다. 그 점에서 문성해는 더욱 크게 이 타락한 사회와 삶을 뒤집을 요량이다. 독자의 한 사람으로서 그것이 이루어지길 기대하며 좀더 치열한 형식의 미래가 펼쳐지길 기원한다.

金京福 | 문학평론가, 경남대 국어교육과 교수

■

시인의 말

앉아 있지 못하고 서성댄 날들의 기록이라 할 수 있겠다.

시가 되지 못하고 잊혀진 것들이 이 시집을 묶게 하였다.

씌어진 말보다 씌어지지 못한 말들에게 감사한다.

옛날 살던 집으로는 지나가기를 꺼렸던 기억으로

한번 묶은 시들을 다시는 쳐다볼 수 없게 될는지도 모르겠다.

단 한번의 인연으로 다시는 가까이 할 수 없는 것이 어찌 이뿐이랴.

부디 지나간 것들도 새롭게 어루만질 수 있는 손이 어서 되기를.

나의 기쁨도 슬픔도 다 당신이 계셨기 때문이지요.

이태 전 불쑥 쓰러지셨다가 새로 탄생하신 아버지께 이 첫 시집을 바친다.

2005년 8월

문성해

창비시선 253
자라

초판 1쇄 발행/2005년 8월 30일
초판 3쇄 발행/2012년 3월 16일

지은이/문성해
펴낸이/강일우
편집/김정혜 문경미 안병률 강영규 황경주
미술 · 조판/정효진 한충현
펴낸곳/(주)창비
등록/1986년 8월 5일 제85호
주소/413-120 경기도 파주시 회동길 184
전화/031-955-3333
팩시밀리/영업 031-955-3399 · 편집 031-955-3400
홈페이지/www.changbi.com
전자우편/literat@changbi.com

ISBN 978-89-364-2253-0 03810

* 이 책은 경기문화재단의 지원금을 받았습니다.

* 책값은 뒤표지에 표시되어 있습니다